W9-AMO-589
HARRIS COUNTY PUBLIC LIBRARY

El cuento de los Reyes Magos (bien contado)

DOMINIQUE JORAND
PABLO RULFO

A María
Valentina

El cuento de los Reyes Magos (bien contado)

Diseño: Pablo Rulfo y Juan Antonio García
Adaptación cubierta: José Miguel Rodrigo

ISBN 84-933734-5-1
D. L.: B-45 397-2004
Impreso en Press Line S. L., Sant Adrià de Besòs, España

www.thuleediciones.com

Érase

una

vez

tres

hombres

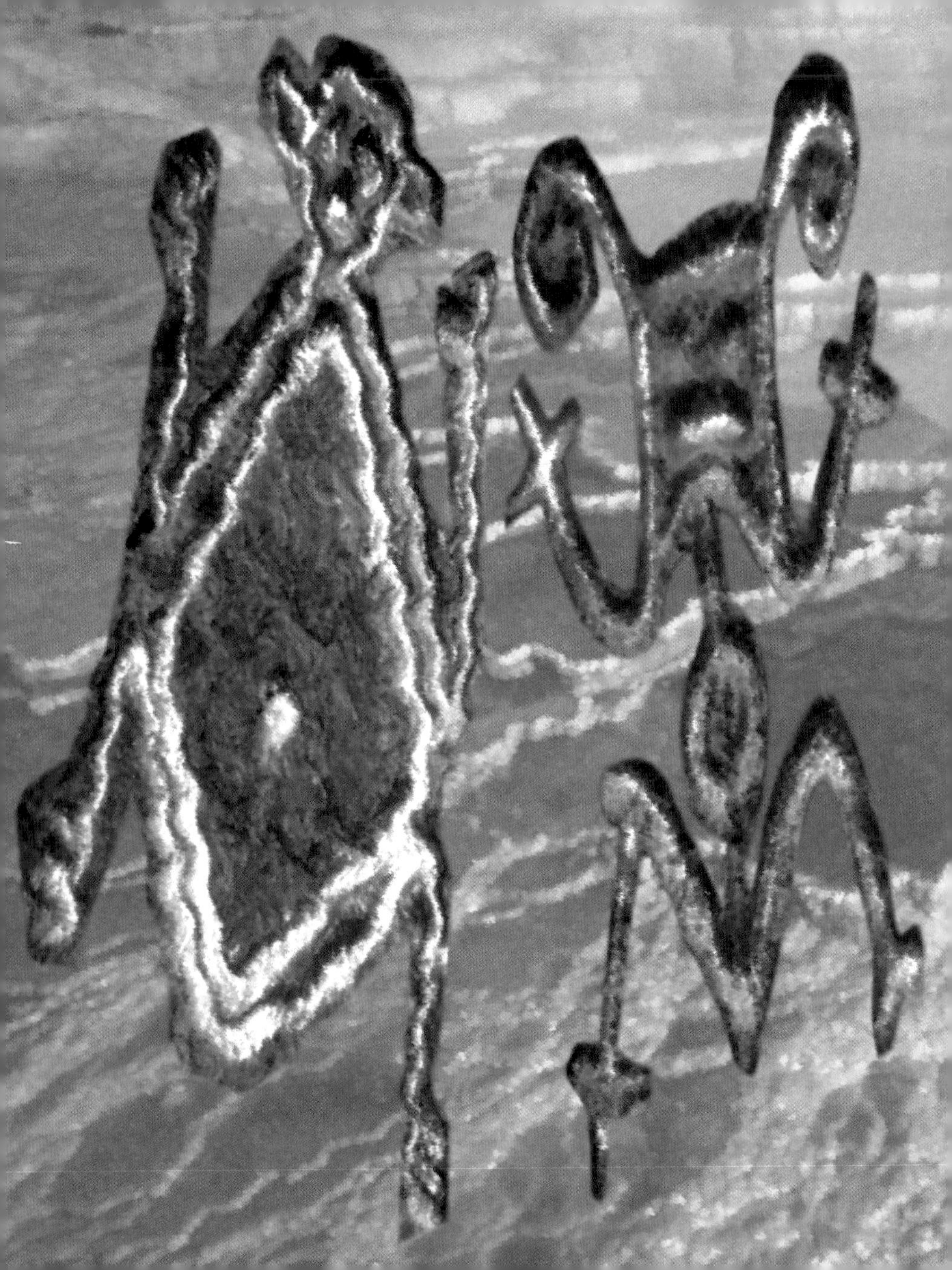

No

Así no

No

Así tampoco

Sí

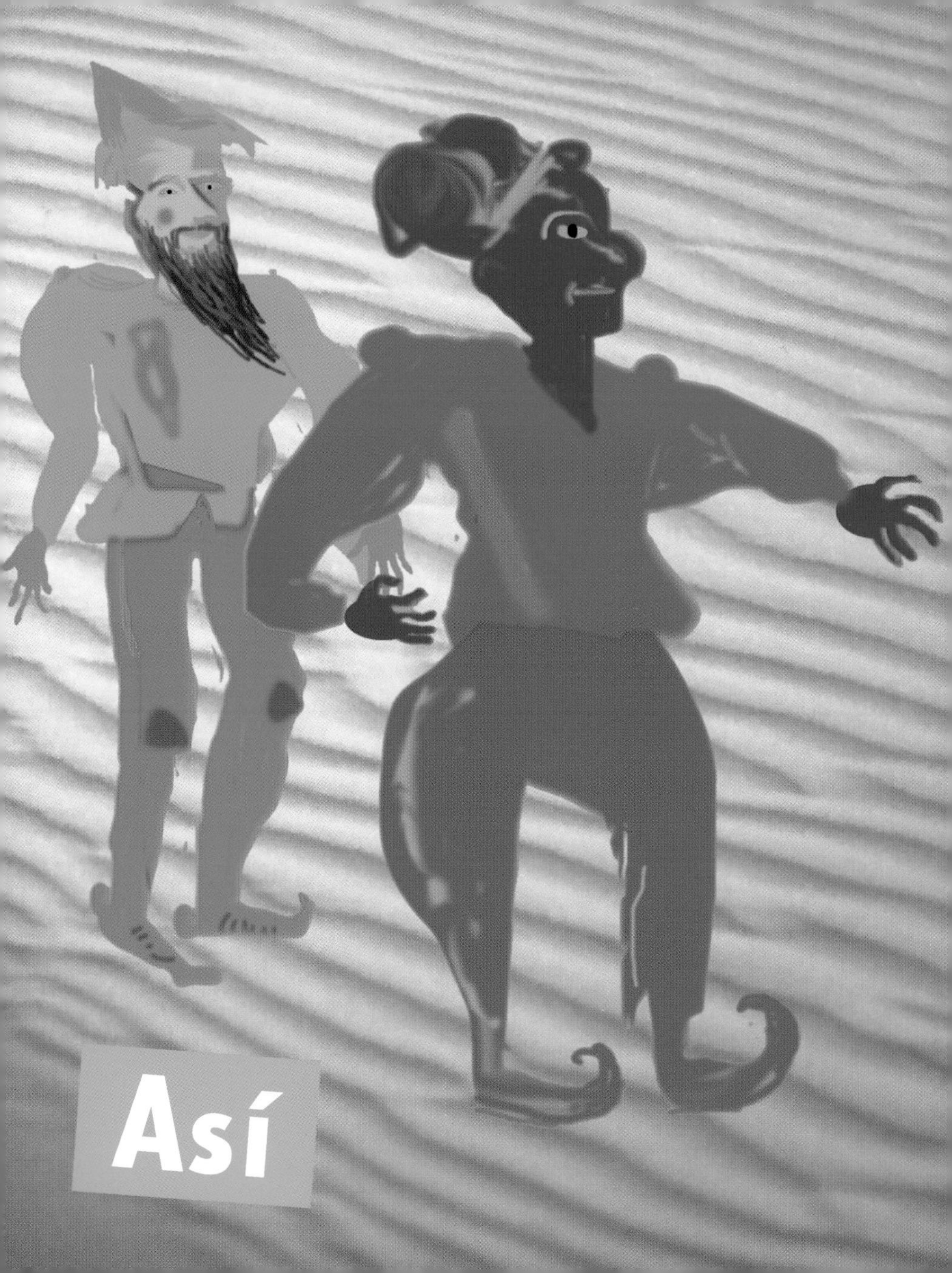
Así

Se llamaban

Gastasar

Balchor

Así no

Balpar
No

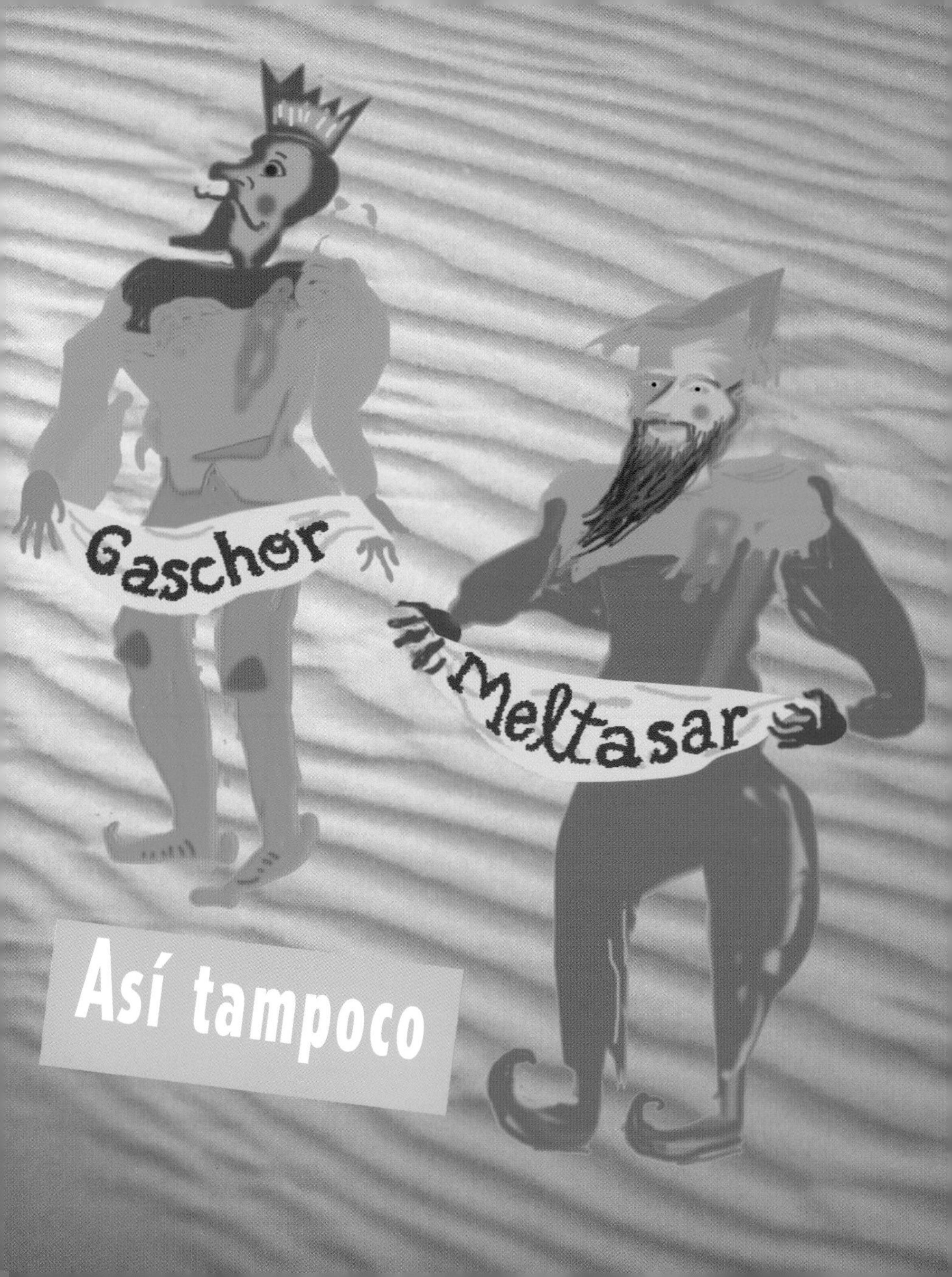

Gaschor

Meltasar

Así tampoco

Ya lo tengo, se llamaban

Melchor

Gaspar

Sí

Eso es

Baltasar

Érase una vez
tres hombres
que se llamaban
Melchor, Gaspar
y Baltasar.
Eran los reyes magos
y...

seguían...

un conejito.

No

Entonces... un pez.

Que no

Entonces...
una estrella.

Sí

Eso es

Seguían la estrella por la mañana...

por la tarde...

y por la noche.

Seguían la estrella,
atravesando
montañas...

atravesando mares...

y atravesando desiertos.

Seguían la estrella,
a pesar de
la nieve...

a pesar de
la lluvia...

y a pesar
del viento.

Érase una vez
tres hombres
que se llamaban Melchor,
Gaspar y Baltasar.
Eran los tres reyes magos.
Seguían una estrella,
atravesando montañas,
mares y desiertos;
luchando contra
la nieve, la lluvia
y el viento.

Al fin llegaron.

No

Ahí no

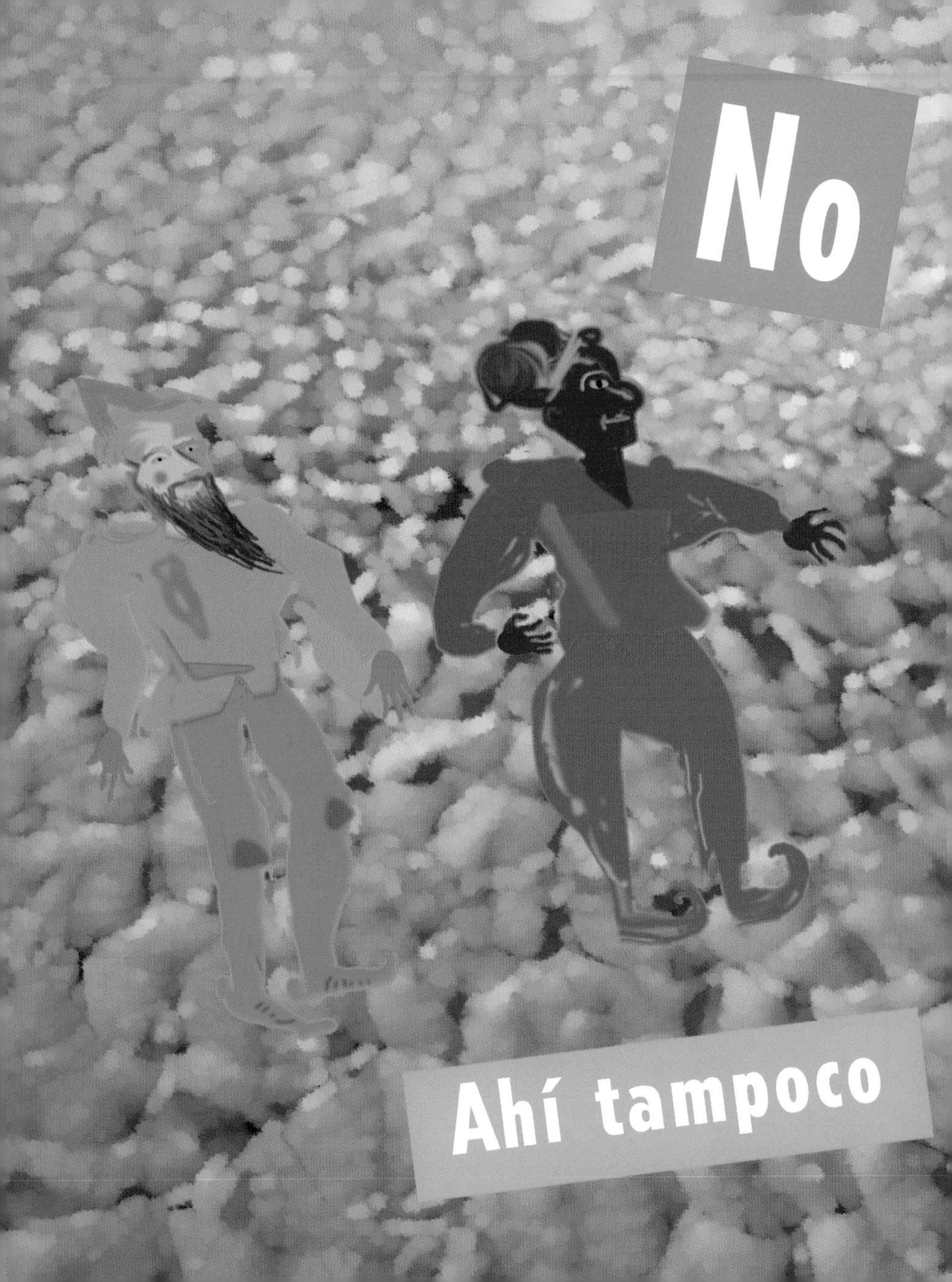

No

Ahí tampoco

Sí
Ahí

Los tres reyes magos
se dirigieron
al recién nacido.

No

Ése no

No

Éste tampoco

Sí

Ése es

Érase una vez tres hombres
que se llamaban Melchor,
Gaspar y Baltasar.
Eran los tres reyes magos.
Seguían una estrella, atravesando
montañas, mares y desiertos;
luchando contra la nieve,
la lluvia y el viento.
Al fin llegaron a un establo
pequeño donde acababa de nacer
un niño pequeño.

Los tres reyes magos
le regalaron
al niño...

unos cubos,
un rompecabezas
y un osito
de peluche.
No

Eso no

Entonces, un pirulí
chocolates
y unos dulces

No

Eso tampoco

Entonces, oro,
incienso y mirra.

Sí
Eso sí

Luego los
tres reyes magos
se regresaron
a sus países.

No

Así no

No

Así tampoco

Sí

Así

Desde entonces,
cada año
les regalan a
todos los niños…

oro,
No

Eso no

incienso,
No

Eso tampoco

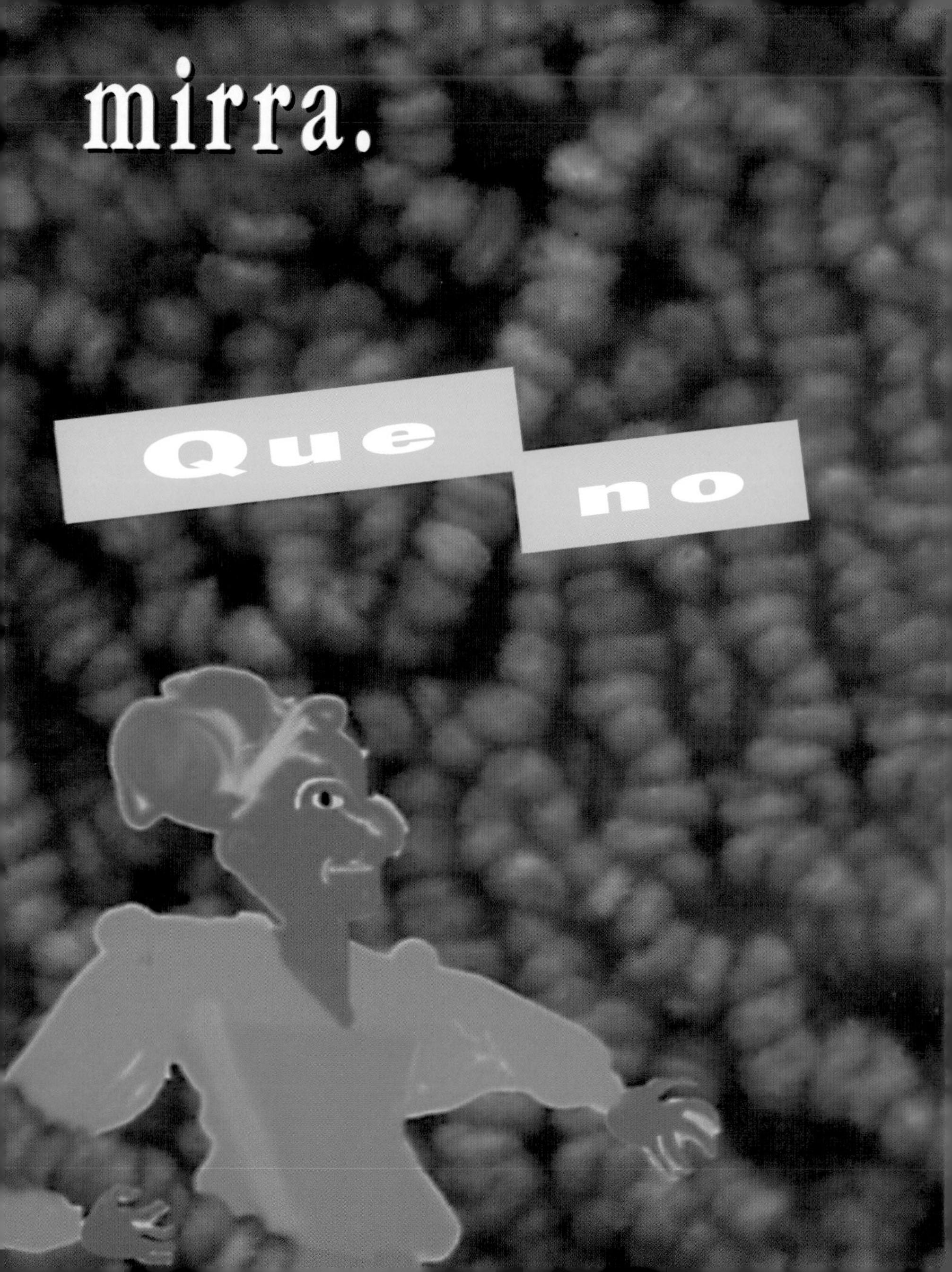
mirra.
Que
no

Tampoco eso

Ya lo tengo.
Les regalan
juguetes.

Sí

Érase una vez
tres hombres
que se llamaban Melchor,
Gaspar y Baltasar.
Eran los tres reyes magos.
Seguían una estrella, atravesando
montañas, mares y desiertos;
luchando contra la nieve,
la lluvia y el viento.
Al fin llegaron

a un establo pequeño
donde acababa de nacer
un niño pequeño.
Los tres reyes magos
le regalaron al niño
oro, incienso y mirra.
Luego, los tres reyes magos
se regresaron a sus países.
Desde entonces, cada año
les regalan juguetes
a todos los niños.

Fin

550-5